AF321202

LETTRE

DU DOCTEUR

ULMIPHILUS

A UN DE SES CONFRERES,

Sur les merveilleuses propriétés de l'Ecorce d'Orme pyramidal.

A ÉPIDAURE.

―――――――――

M. DCC. LXXXIII.

LETTRE

DU DOCTEUR ULMIPHILUS

A UN DE SES CONFRERES,

Sur les merveilleuses propriétés de l'Ecorce d'Orme pyramidal.

Mon cher Confrère,

Il y a vingt ans que je travaille à un ouvrage sur la Médecine, dont j'espérois donner dans une vingtaine d'années la premiere partie au Public. Vous savez aussi-bien que moi qu'on se plaint depuis long temps de la multiplicité des remèdes & de l'incertitude de leur action, qui en est la suite nécessaire. Mon but étoit de simplifier la matière médicale. Je vous avouerai que j'aurois cru avoir fait beaucoup, si, à l'époque que j'ai fixée, j'étois parvenu à réduire environ à la centième partie les médicamens dont on se sert communément ; ainsi au lieu de décrire environ deux mille fubftances que l'on compte ordinairement parmi les remèdes fimples , compofés & mêlangés , je n'aurois parlé que d'une vingtaine de médicamens choifis & diftingués dans cette foule. Je commençois à efpérer qu'à l'aide d'une fuite d'obfervations égales à celles que j'ai déjà faites depuis mes quatre luftres expérimentaux , je parviendrois à donner quelque chofe de neuf & d'important fur l'art de guérir. Je me flattois de la reconnoiffance de tous les hommes ; mes idées s'élançoient agréablement dans l'avenir ; je me voyois élever des autels ; le parfum de l'encens brûlé en mon honneur, m'échauffoit & m'allumoit l'imagination ; fans ceffe bercé de cette douce efpérance, je pourfuivois dans le filence mon utile, & j'ofe dire, mon fublime travail. Je m'éveille Vendredi, douze de ce mois, après avoir été agité pendant la nuit par mon démon familier, car j'en ai un comme Socrate ; on m'apporte le Journal de Paris & fon fupplément. Ce dernier qui porte le titre *Médecine*, fixe toute mon attention ; mais que devins-je à cette lecture ? mes fens fe troublent ; l'admiration, l'incrédulité, la crainte, le défefpoir m'agitent tour-à-tour ; quoi ! me dis-je, voilà donc mon projet nul, mes vingt années d'obfervations perdues ; un autre en un jour fait plus que je n'aurois pu faire en quarante ans! L'Ecorce d'Orme pyramidal dont je fçavois que PLINE, DIOSCORIDE, GALIEN, RAY, MILLER, &c.... avoient parlé avantageufement, a bien d'autres propriétés que celles qui lui ont été attribuées par ces Médecins; elle guérit tout, fuffit à tout, & vaut à elle feule tous les autres médicamens, paffés, préfens & futurs. Quelque fimple que je vouluffe rendre la matière médicale, M. BANAU la fimplifie encore plus, & vous fentez, mon cher Confrère, combien cela eft cruel pour moi. Voilà donc mes autels renverfés; je me vois forcé de les céder à M. BANAU, & qui pis eft, de convenir qu'il les mérite beaucoup mieux que moi, car vous ne doutez pas fans doute que ce Médecin ne foit un Dieu plutôt qu'un homme. En effet guérir quarante maladies, les plus terribles & les plus réfractaires à la Médecine, avec un feul remède, avec une fimple Ecorce, c'eft être le bienfaiteur de l'*humanité fouffrante*; c'eft faire beaucoup plus que n'a fait HYPPOCRATE que nous avons tous la bonté ou la bonhommie d'admirer encore. Pauvre vieillard de Cos! vous qui jouiffiez dans la nuit du tombeau, d'une célébrité qui n'a point eu de nuage depuis plus de deux mille ans, defcen-

dez du trône médical que vous occupiez depuis
si long temps, & faites-y monter M. BANAU (1)!
Oui, mon cher Confrere, pardonnez au cri de
l'enthousiasme, M. BANAU est le Dieu de la
Médecine; quelque chagrin que me fasse sa
découverte, je ne puis résister à l'admiration
qu'elle m'arrache. A quoi servent aujourd'hui tous
ces médicamens préparés & conservés avec tant
de soin par les Apothicaires ? A quoi bon ces élec-
tuaires trop fameux, ces syrops multipliés, ces
pilules amères & fétides, ces eaux distillées ?
Pharmaciens ! brisez ces pots qui ne recèlent
que la mort ! *mors in olla* ; jettez ces poisons
médicamenteux ! dépouillez tous les Ormes

---

(1) Cette phrase ronflante que l'enthousiasme m'a
dictée, me fait naître l'idée de l'emblême sous lequel
je desirerois qu'on fît frapper une médaille à M. BANAU ;
voici quel est le sujet qui me paroît le plus approprié
à la circonstance : Le buste d'HYPPOCRATE paroîtroit
renversé sous les coups d'une branche d'Orme, avec
laquelle M. BANAU le frapperoit ; on liroit au bas :
HYPPOCRATIS victori Ulmifero BANAU. C'est bien le
plus modeste hommage qu'on puisse rendre à l'Auteur
d'une découverte aussi utile à l'humanité ! L'épi-
thète d'*Ulmifer* que je donne à ce grand Médecin,
exprime en un seul mot la grandeur, la majesté, le
sublime de sa découverte & l'annoncera à la pos-
térité.

pyramidaux, comblez vos magafins & vos greniers de la précieufe écorce de cet arbre ! & vous, Cordiers mal avifés, ne contournez plus cette membrane végétale, pour en faire de viles cordes à puits ! un plus noble emploi, un plus précieux ufage lui eft réfervé.

Permettez-moi, Mon cher Confrère, de vous préfenter ici l'enfemble des maladies que M. Banau a guéries avec ce remède, & ne vous effrayez pas de l'affreufe cohorte que je vais vous faire paffer en revue ; fouvenez-vous que vous poffédez l'égide contre tous ces maux.

Dartres fixes ou errantes.

Accidens occafionnés par les dartres refoulées.

Maladies internes & extérieures, qui viennent de l'âcreté ou de l'épaiffiffement de la lymphe.

Vieux Ulcères. Fluors blancs. Laits répandus.

Affeêtions cancéreufes, fcrophuleufes, âcres & nerveufes.

Vapeurs. Crifpations à la tête. Convulfions.
Crampes. Infomnies. Inquiétudes.
Etourdiffemens. Vertiges.
Rhumatifmes les plus invétérés.
Gale. Teigne. Scorbut.

A iv

Maladies vénériennes ; même celles où tous les traitemens fpécifiques connus ont échoué.

Suites des Commotions , des Chûtes & des Coups.

Suppreffion du Flux menftruel.

Inflammations violentes. Gangrene.

Eréfypeles. Rougeole. Petite-Vérole.

Pleuréfies. Point de côté.

Engorgement des Glandes. Plaies récentes.

Douleurs de Goutte. Coupures. Brûlures.

Panaris. Engelures. Gerçures.

Gonflement & rougeur des pieds & des mains.

Douleurs de l'Enfantement.

Tranchées & Coliques des Femmes accouchées.

Hydropifies. Aphtes.

Tels font les maux auxquels l'Ecorce d'Orme oppofe des armes victorieufes entre les mains de M. BANAU. Une pareille découverte en Médecine, ne doit-elle pas être affociée aux plus célèbres Panacées , & ne feroit-ce pas là ce fameux remède univerfel que nous attendons depuis fi long temps ? Car d'après la lifte des maux qu'elle guérit, il n'y a point de doute qu'elle n'en puiffe guérir beaucoup d'autres encore. Qu'on ne vienne donc plus fe plaindre du peu de progrès de la Médecine. Le Cancer, les maladies anciennes de la peau étoient l'opprobre de cet art ; M. Banau paroît, l'Ecorce d'Orme à la main , & il terrasse ces deux monstres. Telle la tête de Méduse pétrifioit les malheureux auxquels on la présentoit.

O vous ! sexe charmant , pour qui l'instant d'être mère se présente sous l'aspect effrayant de la douleur, chantez les louanges du Docteur Banau ; préparez-lui des couronnes de *feuilles d'Orme* ; il vous délivre de ces sensations affreuses qui empoisonnent le moment le plus doux de votre existance , & il épure encore la sensation délicieuse de la maternité.

Vous croyez, mon cher Confrère , que la décoction d'Ecorce d'Orme , prise en boisson , ou administrée à l'extérieur, jouit des seules propriétés que je viens de vous faire connoître : ne vous lassez pas d'admirer, j'ai encore quelque chose de plus à vous apprendre. Cette décoction est le plus doux, le plus joli, le plus charmant cosmétique qui puisse exister : elle enlève la croûte de *talc*, que laisse le rouge ; elle donne à la peau une onction qui lui restitue tout ce qu'elle a pu perdre ; elle fait disparoître les rides. Je m'arrête à cette dernière propriété : que de pratiques va avoir

M. Banau ! Plus fûr de fes moyens que Médée,
que de Jasons il va rajeunir ! que de rides je
vois arriver chez lui ! que de peaux à rétablir dans
leur première fraîcheur ! que de plis à effacer ! *que
de têtes à changer !* L'heureux mortel ! quel bien il
fait à fes femblables ! Il ne fe contente pas de re-
nouveller les vifages avec l'eau d'une autre fon-
taine de Jouvence , il trouve encore un nouveau
procédé pour ramollir & adoucir la barbe; le même
fluide qui facilite & calme les douleurs de
l'enfantement , appaife auffi le feu du rafoir ;
& depuis la réputation de grand Médecin ,
jufqu'à celle de parfait Barbier , M. Banau
acquiert tout avec fon remède.

Vous auriez de juftes reproches à me faire ,
mon cher Confrère , fi je n'ajoutois pas à toutes
ces merveilles , des détails fur les grands talens,
du grand homme , qui vient de faire cette grande
découverte ; vous oferiez peut-être le taxer
d'impofture ou d'aveuglement , fi je ne vous
démontrois qu'il eft également fublime dans les
différentes parties de fon art. Le croirez-vous ?
c'eft dans fa *Lettre aux Auteurs du Journal de
Paris* , dans cet utile ouvrage de quatre pages
in-4°. que je puiferai les preuves de fes lu-
mières ; & vous conviendrez bientôt avec moi ,
qu'il pourroit fe dire à plus jufte titre qu'Horace:

(13)

Exegi monumentum ære perennius. Je vais vous
le préfenter fucceffivement comme Naturalifte,
comme Chymifte, & comme Praticien.

Pour prendre une idée de fes connoiffances
en l'Hiftoire naturelle, voyez, page 2, colonne
première (1), comme il diftingue l'Orme pyramidal d'avec les autres efpèces d'Orme. Il nous
apprend, ce qu'on ne fçavoit fûrement pas avant
lui, qu'à l'exception d'une feule, les autres
efpèces dégénèrent : les Botaniftes croyoient
qu'il n'y avoit que les individus qui étoient
fufceptibles de dégénérer ; mais M. BANAU
décide que les efpèces éprouvent auffi ces dé-
gradations, & que, par un privilège excluf,
il n'y a que l'Orme pyramidal qui ne dégénère
pas, & qui conferve fans altération fon carac-
tère primitif. A l'exemple des plus célèbres
Auteurs de matière médicale, il donne des ca-
ractères fûrs pour diftinguer l'Ecorce de cet
Orme privilégié de celles des autres efpèces de
ce genre, & même des cordes à puits découpées.
Lifez encore au commencement de la première
colonne de la page 4, la belle defcription qu'il
fait de la bafe du rouge dont fe fervent les

(1) Cet Ouvrage eft intitulé : *fupplément au* N°. 255
du Journal de Paris, Vendredi 12 Septembre 1783.

Dames ; on avoit cru jufqu'ici que cette bafe
étoit une terre argileufe, appellée impropre-
ment, *Craie de Briançon* ; mais M.' BANAU
relève cette erreur de tous les Naturaliftes (1).
Cette fubftance n'eft autre chofe, fuivant lui,
que du plâtre, à qui l'on donne, encore fuivant lui, le nom plus recherché de *talc*. Ces
deux obfervations fuffiront fans doute, mon cher
Confrère, pour vous faire apprécier le mérite
de M. BANAU, comme Naturalifte.

Il n'eft pas moins excellent Chymifte, &
vous pourrez vous en convaincre en lifant la
formule de tifanne d'Orme qu'il prefcrit, page 2
de fa Differtation. On découvre dans fes pré-
ceptes l'obfervateur exact & attentif des phéno-
mènes chymiques. Il avertit qu'il faut furveiller
l'ébullition, afin que la mouffe qui s'en élève
ne s'épanche pas : cette décoction, que tous
les autres Chymiftes auroient prife pour une
fimple diffolution mucilagineufe, eft, fuivant

____

(1) Il faut obferver que c'étoit tout bonnement après
avoir vu faire & avoir fait eux-mêmes le rouge avec
la craie de Briançon en poudre, & la partie colo-
rante du carthame extraite par l'alkali fixe, que les Naturaliftes & les Chymiftes croyoient être furs de connoître la préparation du bon rouge ; mais M. BANAU a
le droit de dire tout ce qu'il veut & tout ce qu'il fçait

notre Auteur, graſſe & huileuſe, quand elle eſt très-chargée, & telle qu'il la faut pour l'uſage extérieur. Dans cet état, quoique tenant en diſſolution un ſuc gommeux très-abondant, elle diſſout encore le ſavon. Il appuie avec complaiſance ſur la belle couleur pourprée de cette décoction ; & vous ſentez en effet quel eſt, pour les malades, l'avantage de cette jolie nuance ſur le tranſparent fade & ſur le louche de certaines boiſſons ; par exemple, d'une ſimple tiſanne de graine de lin ou de gomme arabique, que les Médecins du commun auroient peut - être oſé comparer avec l'Eau d'Orme, fondés en apparence ſur la ſaveur fade & la viſcoſité onctueuſe de cette der‑nière.

Vous ſçaviez déjà par le reſte. de ma Lettre, mon cher Confrère, que M. Banau eſt un très-grand Praticien ; je puis encore appuyer cette aſſertion, non ſeulement ſur la manière dont notre nouvel Eſculape décrit les accidens de la petite-vérole, la guériſon des hydropi‑ſies par la Décoction d'Orme, les affections polypeuſes du ſcorbut de terre, mais encore ſur les obſervations relatives à la diſparition des rides par l'uſage intérieur de ce remède, & à. ſa belle propriété de calmer le feu du raſoir pour les barbes dures, &c. &c....

A tous ces *mérites* , M. Banau en joint un, le plus précieux de tous, peut-être, ou au moins celui qui fait le plus bel éloge de fon cœur. L'amour de l'humanité a porté ce Médecin à indiquer un lieu où l'on pût fe procurer ce Remède dans toute fon intégrité , foit en nature , foit en liqueur. C'eft dans l'Hôpital Royal des Aveugles que fe vend cette Ecorce & fa Décoction. Pour que tout le monde pût également participer à ce rare & précieux médicament, on le diftribuoit ces jours derniers à 16 francs la livre. A ce prix modique, vous voyez que la pinte de Décoction , préparée chez le malade, ne revient qu'à quarante fols (on y met deux onces d'Ecorce), & que des bains ou demi-bains de cette Décoction, que le Docteur Banau recommande dans les accidens graves du fcorbut , ne feroient affurément pas chers (1). Il a encore enchéri fur ce premier défintéreffement, en donnant la pinte de la Décoction toute préparée à vingt-huit fols : car s'il entre, comme il faut l'en croire , deux onces d'Ecorce d'Orme dans une pinte , vous voyez qu'outre l'eau , le feu , & la peine

---

(1) Ils coûteroient à-peu-près de trois à fix louis, ce qui eft très-bon marché, pour des bains auffi utiles.

des faiseurs, il diminue encore de douze fois le prix du Remède simple (1).

Je reviens à mes moutons, mon cher Confrère, & je conclus de tout ce que j'ai eu l'honneur de vous expofer, 1°. que je dois renoncer à mon projet de fimplifier la matière médicale, depuis la belle découverte de M. Banau ;

2°. Que ce Docteur eft l'homme de ce fiècle qui mérite le plus la reconnoiffance de tous fes femblables ;

3°. Qu'on doit abandonner tous les médicamens qui garniffent les boutiques des Apothicaires, & s'en tenir à la feule Ecorce d'Orme pour la guérifon de toutes les maladies ;

4°. Qu'il eft impoffible de fe refufer à l'evidence des faits avancés par M. Banau, d'après fes profondes connoiffances en Hiftoire Naturelle, en Chymie & en pratique ;

5°. Enfin, que tout Médecin éclairé doit s'avouer comme moi,

ULMIPHILUS.

D'Epidaure, le 26 Septembre 1783.

---

(1) Depuis quelques jours, pour faire mieux cadrer les prix de l'Ecorce & de fa Décoction, on donne la première à douze francs la livre, & la feconde â 30 f. la pinte. Les gens malins qui avoient d'abord plaifanté fur la différence des prix, font obligés de fe taire.